ILUSTRACIONES
Olga Cuéllar

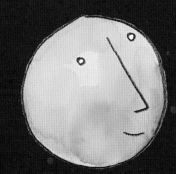

Germán Puerta Restrepo

El cocodrilo que se tragó el Sol

HISTORIAS Y LEYENDAS DEL CIELO

PANAMERICANA
EDITORIAL
Colombia • México • Perú

El cocodrilo

EDITOR Panamericana Editorial Ltda.

EDICIÓN Raquel Mireya Fonseca Leal

ILUSTRACIÓN Olga Cuéllar

DISEÑO GRÁFICO Camila Cesarino Costa

PRIMERA EDICIÓN septiembre de 2017

© Germán Puerta Restrepo

© Panamericana Editorial Ltda.
Calle 12 No. 34-30. Tel.: (57 1) 364 9000
Fax: (57 1) 237 3805
www.panamericanaeditorial.com.co
Tienda virtual: www.panamericana.com.co
Bogotá D.C., Colombia

ISBN 978-958-30-5540-9

Impreso por Panamericana Formas e Impresos S. A.
Calle 65 No. 95-28. Tels.: 4302110 - 4300355.
Fax: (57 1) 2763008
Quien solo actúa como impresor.
Impreso en Colombia
Printed in Colombia

que se tragó el Sol

HISTORIAS Y LEYENDAS DEL CIELO

CONTENIDO

El
Emperador
del Cielo
14

La carrera
de las
tortugas
20

El
tiempo más
antiguo
26

El cocodrilo
que se tragó
el Sol
32

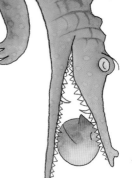

Los
mellizos
espartanos
46

Los eclipses
de Sol y
de Luna
38

La leyenda
de la Cruz
del Sur
64

Los
Pequeños
Ojos del
Cielo
76

¿Por qué
tiene
cicatrices
la Luna
en su cara?
58

Kajuyalí,
el Pescador
82

El conejo
de los
huevos de
Pascua
52

Algol, el
demonio
del Cielo
70

INTRODUCCIÓN

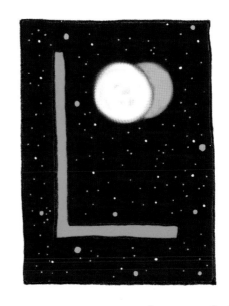

os mitos y las leyendas generalmente dan a conocer narraciones o creencias imaginarias que el sentido común y la experiencia nos dicen que son imposibles. Sin embargo, todas las culturas a lo largo de la historia han celebrado estas historias atribuyéndoles diferentes grados de verdad literaria o simbólica. Entonces, ¿cuál es la relación de los mitos con la realidad?

Es evidente que los mitos han tenido un peso significativo en la construcción de las sociedades, ya sea por aquellos que insisten en la realidad literal de sus historias, o por los que ven en sus narraciones sagradas el sentido mctafórico y simbólico de unos hechos sin los que su vida carecería de sentido, no tendría raíces.

Bien podría decirse que lo que nos define como seres humanos es nuestra necesidad de imitar la

realidad, de contar historias, vernos a nosotros mismos
como viajeros del tiempo en un camino lleno de enigmas
que merecen interpretarse. En ese sentido, las leyendas
son historias reales, basadas en experiencias, que intentan
desvelar los misterios de la formación del mundo,
el origen de la vida, la aparición de los seres humanos
y de los fenómenos del Cielo.

En este libro encontrarán doce narraciones de
diversos pueblos de todos los continentes, que nos
cuentan las visiones ancestrales del origen del mundo,
de las estrellas y de nosotros mismos.

EL EMPERADOR DEL CIELO

En China, el taoísmo es un pensamiento filosófico y religioso que ha estado presente durante siglos. El taoísmo se basa en las enseñanzas del tao, desarrolladas por sabios en la antigüedad, que consideraban el origen del universo, la creación del mundo y de todos los seres, como la unión de la conciencia con la experiencia, principal fuente de conocimiento. Esta historia pertenece a esos tiempos muy muy lejanos.

e acuerdo con Chuang-Tse, el Taoísta, en la antigua China se pensaba que el viento del Este era el aliento que creó la madera; que el viento del Sur era el yang, el cual creó el fuego; que el aliento que estaba en el centro formó la Tierra; que el viento del Oeste era el yin, el cual dio nacimiento al metal, y que el frío aliento del Norte creó el agua.

También decía que en el Este vivía el Dragón Azul que trae la primavera; en el Sur, el Pájaro Rojo que anuncia el verano; en el Oeste, el Tigre Blanco que llega con el otoño, y, en el Norte, la Tortuga Negra que trae el invierno.

El taoísmo asegura que las buenas influencias pertenecen al yang y las malas influencias al yin. El yang es todo lo que

es brillante, cálido, activo y dador de vida. El yin es todo lo inactivo, frío, oscuro, la terrenal tierra y la muerte. La sustancia del yang proviene del Sol y la del yin, de la Luna. Pueden presentarse muchos desórdenes cuando estas fuerzas se enfrentan.

El yin y el yang, decía Chuang-Tse, el Taoísta, están controlados y se mantienen en armonía por la constelación de la Osa Mayor —"la Vasija para los Granos", como la llamaban en China—, y que las siete estrellas de la Osa son las perlas giratorias de la Vasija.

Pero toda esta constelación es en realidad "el Carruaje del Emperador del Cielo", que girando alrededor del Pivote Celeste fija las cuatro direcciones del mundo con la ayuda del Dragón Azul, del Pájaro Rojo, del Tigre Blanco y de la Tortuga Negra.

El Emperador mantiene el equilibrio entre los cinco elementos: la madera, el fuego, la tierra, el metal y el agua, y, lo más importante, separa el yin del yang, y así establece el orden en todo el universo.

También podemos leer en los escritos de Chuang-Tse, el Taoísta, que la cola de la Osa, es decir, "el Mango de la Vasija", fue colocada como un reloj que, al dar vueltas, anuncia la llegada de las estaciones y los tiempos de cazar, sembrar y cosechar. Y la estrella polar, por orden del Emperador del Cielo, siempre está en su lugar para que la sigan todos los astros del firmamento.

LA CARRERA DE LAS TORTUGAS

Los pueblos nativos de Estados Unidos se componen de numerosas tribus y grupos indígenas, algunos de los cuales sobreviven con sus costumbres intactas y hasta con su propio lenguaje. En la región central y de los Grandes Lagos habitan los odawa, quienes nos transmiten esta leyenda de sus ancestros.

na buena historia suele ponernos a pensar en cosas en las que casi nunca pensamos; esta es una de esas historias.

Miles y miles de años atrás, cuando la Tierra todavía era un bebé, Tortuga de Fango y Tortuga de Tierra estaban discutiendo sobre quién podía nadar más rápido. Cuando no estaban discutiendo sobre quién podía nadar más rápido, estaban discutiendo acerca de quién podía sumergirse más profundo. Cuando no estaban discutiendo sobre quién podía nadar más rápido o quién podía sumergirse más profundo, discutían sobre quién podía nadar más lejos. Así pasaron todo el verano, y no había un solo día en que no discutieran quién era el mejor nadador.

Un día decidieron resolver el problema de una vez por todas. De modo que se enfrentarían en una competencia en el lago Míchigan, nadarían hasta la otra orilla, lo que ahora se conoce como Wisconsin.

21

El día de la carrera, Tortuga de Fango y Tortuga de Tierra se reunieron en la playa de Míchigan. Ambas respiraron profundo para llenar sus pulmones de aire y se lanzaron al agua, ¡la competencia había iniciado! Las tortugas nadaron a gran velocidad, cada vez más rápido y más rápido; sin embargo, ninguna lograba superar a la otra: iban empatadas.

Entonces resolvieron determinar quién podía nadar más profundo. Pero el fondo del lago Míchigan es muy parecido a la tierra seca, pues tiene colinas, valles, fosas e, incluso, acantilados y altas crestas. De modo que ninguna pudo nadar más profundo que la otra y mucho menos sobrepasarla. Entonces, Tortuga de Fango tuvo una idea:

"Puedo hacer algo que Tortuga de Tierra no puede. Puedo nadar en el fango".

De este modo, Tortuga de Fango se zambulló en el lugar más profundo del lago Míchigan, pero Tortuga de Tierra permaneció a su lado. Como Tortuga de Fango iba a gran velocidad dejaba un rastro de barro detrás de ella. Y, cuanto más rápido nadaba, más lodo y más escombros lanzaba hacia arriba: arena, guijarros, rocas y hasta viejos árboles muertos.

De repente, Tortuga de Fango se zambulló hasta quedar completamente cubierta por el lodo; los palos, las piedras y los árboles hicieron que Tortuga de Tierra no pudiera mantener el ritmo, pues no podía ver casi nada. Entonces, Tortuga de Fango llegó a una pared de roca bajo el agua, trepó por la pendiente del acantilado, nadó más rápido que cualquier otro animal que existiera en el mundo; su rastro de barro la seguía detrás.

Como la gran tortuga veloz que era, Tortuga de Fango atravesó la superficie del lago Míchigan a tal velocidad que siguió derecho hacia el cielo. Detrás de ella, arena, guijarros, rocas, troncos de árboles, dientes, huesos de mastodontes y dinosaurios, algas y hasta Tortuga de Tierra, todo se fue al cielo detrás de ella. Tortuga de Fango continuó nadando en el cielo y el rastro de barro la siguió. Ese rastro de barro se convirtió en lo que llamamos hoy la Vía Láctea.

De modo que esta es la historia de cómo la Vía Láctea apareció en el cielo. Apuesto a que no pensamos a menudo en la Vía Láctea y mucho menos cn el fondo del lago Míchigan. Ahora cuando todos los animales se reúnen para una discusión importante, la tortuga, en representación de todos los seres acuáticos, trae los mensajes a la tierra.

25

EL TIEMPO MÁS ANTIGUO

Los mitos y las leyendas del México antiguo rivalizan en riqueza, complejidad literaria y fantasía épica con los más conocidos del mundo clásico griego y romano. Incluso, a veces, la mitología mexicana contiene conceptos más elevados, como la creación divina con esencia propia de animales, plantas y cuerpos de agua, seres con el mismo derecho a existir que el hombre. Esto explica el respeto que tienen los indígenas americanos por el medio ambiente.

icen nuestros padres y nuestros abuelos que
el príncipe Quetzalcóatl nos creó y dio forma.
Él también creó el cielo, el Sol y la Tierra.
Dicen que, en tiempos aún más antiguos, el
dios Tonacatecuhtli y la diosa Tonacacíhuatl
tuvieron cuatro hijos: Tezcatlipoca Rojo, que
nació colorado; Tezcatlipoca Negro, que nació negro; al
tercero lo llamaron Quetzalcóatl y al cuarto, Huitzilopochtli.

Muchos años después designaron a Quetzalcóatl y a
Huitzilopochtli para que ordenaran todo. Dicen nuestros
padres y nuestros abuelos que Quetzalcóatl y Huitzilopochtli
hicieron el fuego y medio sol que, por no ser entero,
alumbraba más bien poco.

27

30

Hicieron también
los días y los juntaron
en meses, luego
juntaron los meses
e hicieron el año.
Dicen nuestros
padres y nuestros
abuelos que
después crearon al
Señor y a la Señora
del Inframundo,
marido y mujer, los
dioses del infierno,
y los pusieron en él.
Entonces crearon el
cielo e hicieron el agua
con un pez tan grande
como un caimán, y de él
sacaron a la diosa Cipactli,
la Tierra. De sus cabellos
salieron los árboles, los frutos y
las flores; de su piel, las hierbas;

de los ojos, los pozos de agua; de la boca, los ríos y las grandes cavernas; de los agujeros de la nariz, los valles, y de los hombros salieron las montañas.

Dicen nuestros padres y nuestros abuelos que Quetzalcóatl, con la ayuda de los árboles y de los demás dioses, subió las estrellas al cielo y también trazó el camino que allí aparece. Después de levantar el cielo, los dioses dieron vida a la Tierra; en cuanto terminaron, se miraron unos a otros y dijeron:

—El cielo ha sido construido, pero ¿quiénes, oh dioses, habitarán la Tierra?

Dicen nuestros padres y nuestros abuelos que hicieron a un hombre, Oxomoco, y a una mujer, Cipactónal. A Oxomoco le ordenaron que labrase la tierra y a Cipactónal que hilase y tejiese. A ella además le dieron unos granos de maíz para curar y usarlos en adivinanzas y hechicerías. Lo que haya pasado con esa pareja ya es otra historia.

EL COCODRILO QUE SE TRAGÓ EL SOL

*Los pueblos africanos siempre han
tenido un vínculo muy fuerte
con la noche estrellada.
A lo largo del tiempo se
han imaginado historias
del cielo asociadas con
la vida cotidiana, los
animales y la naturaleza,
de las que han salido bellas
narraciones acerca de los astros.
Esta es una de esas historias
de las noches africanas.*

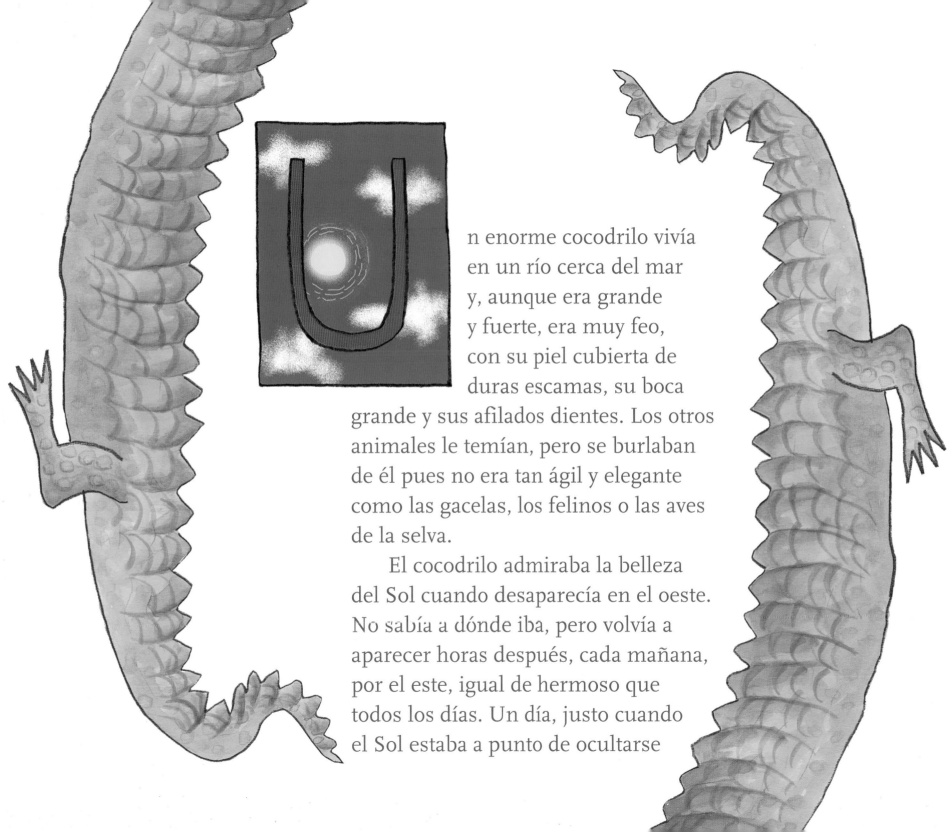

n enorme cocodrilo vivía
en un río cerca del mar
y, aunque era grande
y fuerte, era muy feo,
con su piel cubierta de
duras escamas, su boca
grande y sus afilados dientes. Los otros
animales le temían, pero se burlaban
de él pues no era tan ágil y elegante
como las gacelas, los felinos o las aves
de la selva.

El cocodrilo admiraba la belleza
del Sol cuando desaparecía en el oeste.
No sabía a dónde iba, pero volvía a
aparecer horas después, cada mañana,
por el este, igual de hermoso que
todos los días. Un día, justo cuando
el Sol estaba a punto de ocultarse

con sus reflejos rojos y naranjas, el cocodrilo pensó que
sería bueno tener la belleza del Sol.

—Oh, hermoso Sol, ¿por qué te ocultas por el oeste?
¿Y cómo es que vuelves a salir por el este?

—Querido cocodrilo, esa es mi jornada diaria
—respondió el Sol—. Viajo toda la noche por el océano
que está bajo la tierra, hasta que me levanto por el este,
a la mañana siguiente.

—¿Quiere decir que nunca descansas ni duermes?

—No tengo tiempo para eso, querido cocodrilo —dijo el
Sol mientras se hundía lentamente en las aguas por el oeste.

Entonces, el cocodrilo pensó que si se tragaba el Sol
podría obtener su belleza y adquirir poderes mágicos.
De modo que, al día siguiente, el cocodrilo le dijo al astro:

—Déjame tragarte, así podrás descansar mientras
te llevo por el océano durante la noche. Y en la mañana
te dejaré salir por el este.

El Sol aceptó y, desde entonces, en cada atardecer,
el cocodrilo se traga el Sol y, en cada amanecer, lo vomita
para que brille todo el día. El cocodrilo sigue igual de feo
y no tiene poderes mágicos; sin embargo, los animales
ya no se burlan de él por temor a que en algún momento
se trague el Sol para siempre.

LOS ECLIPSES DE SOL Y DE LUNA

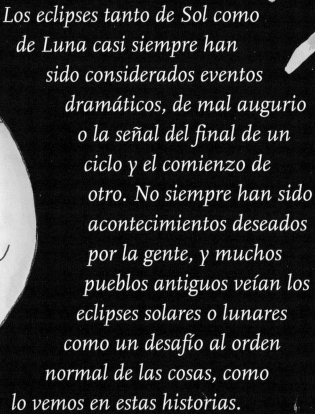

Los eclipses tanto de Sol como de Luna casi siempre han sido considerados eventos dramáticos, de mal augurio o la señal del final de un ciclo y el comienzo de otro. No siempre han sido acontecimientos deseados por la gente, y muchos pueblos antiguos veían los eclipses solares o lunares como un desafío al orden normal de las cosas, como lo vemos en estas historias.

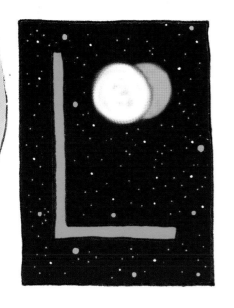

os mitos y las leyendas en muchas partes del mundo explican que los eclipses, tanto solar como lunar, están asociados a un evento en el que los demonios o los animales devoran el Sol o la Luna. En el antiguo reino de Siam, en Asia, creían firmemente que el dios-demonio Rahu, el Glotón, devoraba el Sol y que solo el sacrificio de animales podía devolver la luz. En el Egipto de los faraones se pensaba que, durante los eclipses, la serpiente Arpep, gobernante del mundo subterráneo y reina de la muerte, atacaba y hundía el bote en el que navegaba en el cielo el dios-sol Ra.

En Vietnam, un sapo se come a la Luna o al Sol. La mitología celeste de Corea habla de perros de fuego que intentan robar el Sol ardiente o la Luna helada. Por fortuna siempre fallan en su propósito, aunque en el eclipse alcanzan a morder al Sol y herir a la Luna.

En la antigua Mesopotamia también vieron los eclipses lunares como un asalto a la Luna. En sus historias, los

asaltantes eran siete demonios; los cortesanos veían el eclipse como una señal de que su rey estaba en peligro de muerte. Entonces, mientras ocurría el eclipse, instalaban en el trono a un rey sustituto, que era una persona cualquiera, mientras que el rey verdadero se hacía pasar por un individuo del común. Una vez el eclipse terminaba, el ritual dictaminaba que los reyes sustitutos debían ser ejecutados.

Los mitos y las leyendas en la América precolombina relacionados con el cosmos y, por supuesto, con los eclipses son abundantes. En el México antiguo, los mayas y los aztecas explicaban los eclipses con narraciones de combates celestes entre los dioses. Ellos peleaban por obtener los mejores sitios en el cosmos. Este tipo de leyendas también se encuentran entre los toltecas, quienes afirmaban que Chicovaneg, un joven héroe, les enseñó a los humanos a sacrificarlo todo para restaurar el poder del Sol. Durante un eclipse total de Sol, Chicovaneg, en alianza con la Serpiente Emplumada, ascendió a los cielos para capturar un poco de luz de cada estrella y hacer un nuevo Sol.

Los incas del Perú tampoco veían los eclipses como algo bueno. Entre los mitos conocidos hay una historia acerca de un jaguar que atacó y se comió a la Luna. El asalto del gran felino explica el color rojo sangre que tiene la Luna durante su eclipse total. Los incas temían que, después de atacar la Luna, el jaguar se estrellara contra la Tierra y se comiera a la gente. Para evitar eso, ahuyentaban al depredador arrojando lanzas a la Luna, y haciendo ruidos, incluso golpeaban a sus perros para que aullaran y ladraran.

Los cakchiqueles de las montañas de Guatemala todavía creen cn cl peligro de los eclipses y que el solar es más maléfico que el lunar. En el primero, espíritus de toda clase salen de la profundidad de la Tierra para atrapar a la gente, de modo que deben dirigirse a las puntas de los cerros con todo tipo de artefactos capaces de producir ruido, desde

43

tambores hasta cacharros que golpean con palos. Incluso las campanas de las iglesias tañen para ayudarles al Sol o a la Luna a evadir el peligro que los amenaza.

No todas las narraciones tienen a los demonios como responsables de los eclipses; por ejemplo, en una leyenda de Tahití se narra que en esos momentos el Sol y la Luna están amándose, y que su descendencia son las estrellas. Algunos pueblos esquimales afirman que, durante un eclipse de Sol, los astros observan que en el mundo todo esté marchando bien.

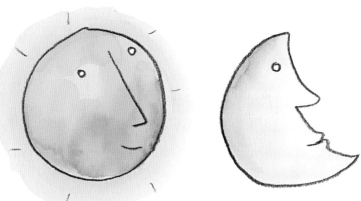

La mitología y literatura de los eclipses en China es de una gran riqueza. En las leyendas más antiguas se dice que los eclipses sucedían porque un dragón atacaba ferozmente al Sol, otras hablaban de perros enloquecidos que desgarraban al Sol y a la Luna. Luego se dijo que los eclipses eran producto de un desarreglo cósmico causado por los problemas del emperador con sus esposas.

Según las leyes astrológicas y culturales chinas, el orden celeste se restablece efectuando algunos ritos, como lanzar flechas al aire para matar al monstruo devorador.

Hay un antiguo registro de un eclipse de Sol, alrededor del año 2137 a. C., en los manuscritos del reino de Tchoung-kang. Los astrónomos reales, Ho y Hi, debían preparar los ritos para espantar al dragón que pretendía comerse al Sol: batir tambores y lanzar flechas al cielo. En lugar de eso, los 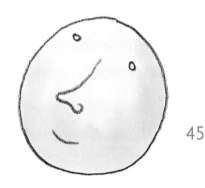 expertos en asuntos celestes —que además habían fallado en el pronóstico del fenómeno— se presentaron completamente borrachos al evento público preparado para el emperador. Este, furioso por su poca seriedad, los hizo decapitar. ¡Vaya asunto serio este de los eclipses!

45

LOS MELLIZOS ESPARTANOS

La constelación zodiacal Gemini luce como un gran rectángulo; sus estrellas más brillantes son Cástor y Pólux. Aunque Pólux es ligeramente más brillante que Cástor, esta constelación se ha asociado con parejas y gemelos desde hace mucho tiempo. En el antiguo Egipto decían que era una pareja de flores de loto; para los árabes, eran dos pavos reales, y los inuit se imaginaban los parales de la puerta de un iglú. Sin embargo, la leyenda más conocida es la griega.

os gemelos Cástor y Pólux —el primero hijo de Tindareo, rey de la ciudad de Esparta, y de su reina Leda, y el segundo, hijo del propio Zeus— son los protagonistas de esta historia. En Esparta, los jóvenes hermanos fueron conocidos por su fuerza y valentía. Pólux era un campeón de boxeo y un corredor veloz, y su hermano Cástor era un excelente jinete capaz de montar el más salvaje de los animales. Ganaron premios en los Juegos Olímpicos y eran el orgullo de Esparta. Los hermanos eran camaradas y compañeros inseparables, pero se diferenciaban en una cosa: el dios Zeus le había otorgado a Pólux, su hijo, el don de la inmortalidad, mientras que Cástor seguía siendo mortal.

Un día, en busca de aventuras, Cástor y Pólux decidieron unirse a la tripulación del buque Argo, que estaba a punto de zarpar en busca del vellocino de oro. Jasón, el capitán de los argonautas, estaba encantado de tener a los hermanos a bordo. Poco después de zarpar, aparecieron los problemas,

pues se desató una temible tempestad. Mientras estaban al vaivén del oleaje, la tripulación le imploró a Orfeo que tocara su lira para calmar las terribles olas. Orfeo era un músico y poeta que tocaba tan admirablemente su lira que se decía era capaz de apaciguar a las bestias salvajes. De repente, el cielo comenzó a abrirse y aparecieron dos estrellas sobre las cabezas de Cástor y Pólux; tan repentinamente como había llegado, la tormenta cesó.

Luego de vivir muchas aventuras, los argonautas encontraron el vellocino de oro, la dorada piel del carnero mágico que le representaría el trono de Tesalia a Jasón. Entonces, Cástor y Pólux decidieron salir en otra misión, esta vez buscarían y expulsarían a los piratas que acechaban el Helesponto, el estrecho que separa a Europa de Asia Menor. Los hermanos, luchando juntos y cuidándose mutuamente, tuvieron éxito y derrotaron a los piratas, de modo que la navegación fue más segura para los viajeros.

La fama de los gemelos creció hasta el punto que, a lo largo de toda Grecia y el mundo antiguo, se decía que los gemelos eran amigos especiales de Posidón, el dios del mar y las tormentas, y los constructores de barcos comenzaron a colocar el signo de los gemelos en la proa de sus buques.

La desgracia tocó a los gemelos cuando se enamoraron de dos mujeres jóvenes. Para ganar su amor, combatieron contra otros dos pretendientes rivales, Idas y Linceo. La lucha fue terrible, pues Idas traspasó con su lanza a Cástor. Cuando Pólux fue a vengar la muerte de su hermano, también resultó herido, aunque consiguió matar a Linceo con su lanza. En ese momento intervino Zeus en favor de su hijo y mató a Idas con un rayo. La pena de Pólux por la muerte de su hermano era tan grande que le imploró a Zeus que le devolviera la vida a Cástor.

—Padre, si no permites que sobreviva mi querido hermano. Renuncio a mi inmortalidad.

Zeus, conmovido, se compadeció de los hermanos y les permitió compartir el mismo destino de vida y de muerte. Los puso en el cielo para que todos los vieran por siempre como un símbolo de la amistad y de la lealtad; serían las dos brillantes estrellas de la constelación Gemini.

EL CONEJO DE LOS HUEVOS DE PASCUA

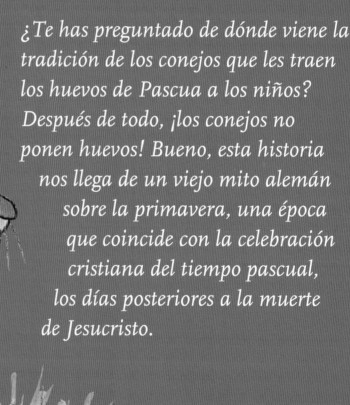

¿Te has preguntado de dónde viene la tradición de los conejos que les traen los huevos de Pascua a los niños? Después de todo, ¡los conejos no ponen huevos! Bueno, esta historia nos llega de un viejo mito alemán sobre la primavera, una época que coincide con la celebración cristiana del tiempo pascual, los días posteriores a la muerte de Jesucristo.

S e dice que hace mucho, mucho tiempo, había una pajarita muy joven y muy inquieta, como son todas las aves. Pero aún era algo despistada pues, por ser tan chiquita, ¡todo lo que tenía era un cerebro de pajarito!

Ella quería tener un cerebro más grande con qué pensar y lo ansiaba tanto que finalmente tuvo el coraje para volar y acercarse a Pascua, el espíritu de la primavera. Pascua estaba tan intrigado con esta valiente pajarita que accedió a escuchar su solicitud.

—Querido Pascua, deseo tener pensamientos elevados, pero este cerebro de pájaro no me lo permite. ¿No le gustaría, por favor, por favor, por favor, convertirme en una conejita, de modo que pueda tener un cerebro del tamaño adecuado para pensar?

Pascua estaba tan asombrado por la sinceridad de la pajarita que le concedió su deseo. De modo que, enseguida,

53

la pajarita vio que estaba convertida en una conejita. Eufórica, la pajarita —digo, la coneja— saltó para pensar en pensamientos elevados. Sin embargo, no tenía alas para volar lejos de los depredadores, y la nueva conejita se vio corriendo y saltando por todas partes tratando de escapar de los perros, lobos y zorros.

Ahora la pequeña conejita tenía un cerebro más grande con qué pensar, pero ¡no tenía tiempo para hacerlo! De modo que, mientras corría y saltaba para salvar su vida, la pajarita se dio cuenta de que había cometido un error al pedirle a Pascua que la convirtiera en un conejo. Entonces resolvió volver donde el espíritu de la primavera y pedirle otro favor.

Pascua recibió a la conejita:

—Querido Pascua, gracias por convertirme en un animal con un cerebro más grande. Pero ahora necesito un lugar seguro para vivir y así poder deleitarme tranquilamente con mis pensamientos elevados. ¿Puedes ayudarme, puedes, puedes, puedes?

Pascua le concedió a la conejita su nuevo deseo y la puso arriba en el cielo, entre el cazador Orión y su perro, el Can Mayor. Sin embargo le advirtió:

—Ahora tienes un lugar seguro en el cielo y ya puedes deleitarte tranquilamente con tus pensamientos elevados, pero debes quedarte quietecita y no llamar la atención de tus vecinos.

Sabemos que esta conejita se conoce en la actualidad como la constelación de Lepus, la Liebre. Sin embargo, Pascua le solicitó un servicio a cambio de hacerle todos estos favores. Cada primavera, la coneja tendría que conseguir una canasta para poner huevos, de la misma forma en que lo hacía cuando era una pajarita; debía decorar y pintar todos los huevos, y luego llevarlos a los niños de todo el mundo para conmemorar la Pascua. ¡Esta es la razón por la cual una conejita nos trae los huevos de Pascua!

¿POR QUÉ TIENE CICATRICES LA LUNA EN SU CARA?

Los baigas son una tribu que habita actualmente varios estados centrales de India. Los tatuajes son una característica cultural de este pueblo y forman parte integral de su estilo de vida. Las mujeres son maravillosas artistas del tatuaje y conocen los estilos preferidos por los diversos grupos; su conocimiento ancestral pasa de las madres a las hijas. Una historia celeste contada por este pueblo nos recuerda esta tradición.

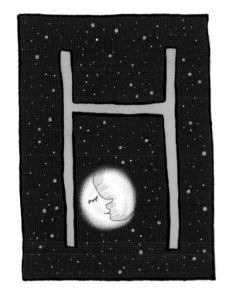

ace mucho tiempo, la Luna tenía la cara muy pálida y se avergonzaba porque no era hermosa. Los hombres la miraban y se reían, y las mujeres la señalaban y le gritaban:

—Escóndete, Luna, pareces una lombriz que encontraron bajo una piedra.

Humillada, la Luna se escondió. De modo que ya no había luz por la noche: los hombres empezaron a perderse en la oscuridad del bosque y los animales ya no podían cazar. Entonces el Sol le dijo a su hermana:

—Luna, no te puedes ocultar. Debes alumbrar en las noches.

—No, no quiero salir. Dales tú la luz —dijo la Luna.

—No puedo hacer eso —contestó el Sol—. Mi luz es demasiado brillante y mi calor es muy potente. Quemaría el mundo si brillo todo el tiempo.

—Soy fea —dijo la Luna—. Estoy avergonzada, pues mi piel no tiene color y todos se ríen de mí.

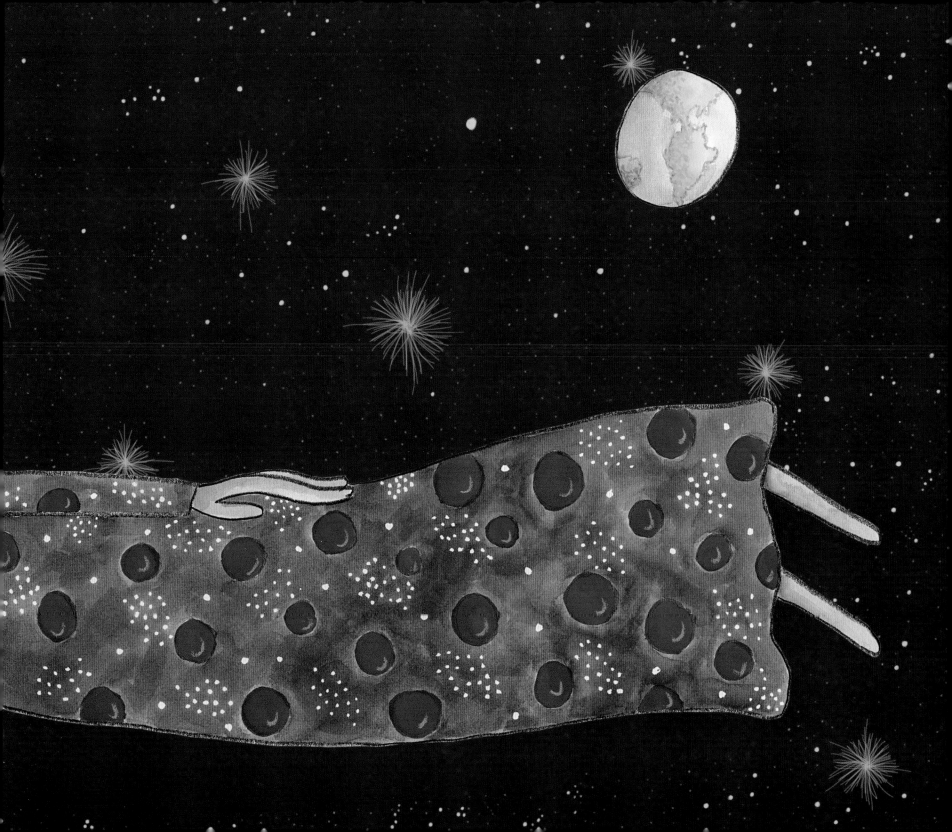

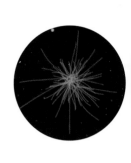

El Sol estuvo pensando un rato y dijo finalmente:

—Debes tatuarte la cara para que los hombres te vean hermosa.

—Pero ¿quién va a tatuarme? —preguntó la Luna.

—Hay una mujer en el pueblo, más allá del gran bosque. Veo su trabajo. Los hombres y las mujeres llegan de todos los pueblos para tatuarse —dijo el Sol—. Ve con ella.

La Luna fue donde la mujer y le dijo:

—Mujer, he venido para que me tatúes la cara y me vuelvas hermosa, de esta forma los hombres dejarán de reírse de mí porque tengo la piel pálida.

—Tienes que pagarme por mi trabajo —respondió la mujer.

—Por supuesto, te lo pagaré —dijo la Luna.

—Son cuatro rupias —dijo la mujer.

—Con una rupia es suficiente —contestó la Luna.

—Cuatro rupias o no trabajo —respondió la mujer.

—Una rupia es todo lo que cobras cuando tatúas a un hombre o a una mujer —dijo la Luna.

—Cuatro rupias —insistió la mujer.

—Está bien, cuatro rupias. Voy a pagarte cuatro rupias —dijo la Luna.

—Y la comida que consuma cada día —agregó la mujer.

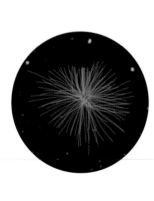

—Cuatro rupias y nada más, no te voy a dar comida
—respondió la Luna.

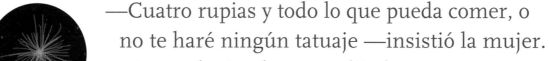

—Cuatro rupias y todo lo que pueda comer, o
no te haré ningún tatuaje —insistió la mujer.

—No te daré todo eso —dijo la Luna.

—Entonces ve donde otro —respondió la mujer.

—No hay nadie que trabaje tan bien como tú —dijo
la Luna.

—Entonces tendrás que pagar mi precio. Cuatro rupias
y toda la comida que pueda consumir.

La Luna estuvo de acuerdo; entonces la mujer sacó
sus agujas y trabajó durante tres días. En el primero, le
tatuó una tortuga a la Luna; en el segundo día, le tatuó un
escorpión con dos huevos y, en el tercer día, un conejo
saltando. Entonces la Luna le pagó las cuatro rupias y le
dio de comer; luego se miró en un pozo de agua y se vio
hermosa. Por eso ahora todos los hombres y las mujeres
la ven y dicen:

—¡Qué hermosa es la Luna!

Y por eso los niños, cuando miran la Luna, a veces
ven en su cara la tortuga, otras veces ven el escorpión
y los dos huevos, y casi siempre ven la liebre saltando.

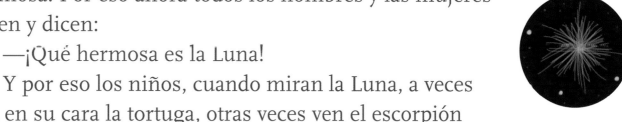

LA LEYENDA DE LA CRUZ DEL SUR

El pueblo tehuelche, que habita la pampa argentina, se conoce por usar boleadoras, un arma que consta de dos o tres pesadas bolas unidas por cuerdas o tiras de cuero y que se arrojan para cazar. Este pueblo tiene una historia sobre las estrellas de la Cruz del Sur y el ñandú, un ave que, como el avestruz, es incapaz de volar, sin embargo es uno de los animales más veloces del mundo. ¿Y eso qué tiene que ver con las estrellas? Leamos la siguiente historia.

icen las abuelas tehuelches que todo nace de alguna manera, ya sea queriendo o sin querer, y que la mayoría de las cosas han aparecido hace tantos años que no se pueden contar. Pero, afortunadamente, las abuelas todavía recuerdan esta historia de la Cruz del Sur.

Una tarde, hace muchísimos años, un grupo de hombres estaban cazando con boleadoras, seguían el rastro de un gran ñandú macho que se les escapaba desde hacía tiempo. Era muy arisco y apenas presentía a los humanos huía velozmente hasta quedar fuera del alcance de sus perseguidores.

La tarde estaba llegando a su fin. Acababa de llover, pero unos rayos de sol se colaban entre las nubes. Los hombres encontraron al ñandú y empezaron a rodearlo, pero este se escapó de nuevo y huyó velozmente hacia el sur. Los cazadores corrieron tras él, arrojándole flechas y boleadoras, pero ninguna pudo alcanzar al escurridizo animal.

La persecución continuó. Más allá, sobre el filo de la meseta, hacia donde se dirigía el ñandú, el Sol había pintado un hermoso arcoíris. Justo en ese momento, Korkoronke, el más ágil y resistente de los cazadores, se acercó bastante al animal con las boleadoras listas. Pero el astuto ñandú, sabiéndose acorralado en el borde del abismo, giró bruscamente y, como si se lanzara al vacío, apoyó una de sus patas sobre el arcoíris y empezó a trepar por el camino de colores con sus largas zancadas. Korkoronke estaba impresionado, pero se recuperó rápido y lanzó su boleadora en un último y desesperado intento por atraparlo. El gran ñandú dio un paso al costado y las boleadoras pasaron de largo. Y de esta forma se escapó para siempre de sus perseguidores.

Al volver al campamento, el joven Korkoronke y sus compañeros cazadores tuvieron que soportar las burlas de la tribu; nadie les creyó su narración de cómo se había escapado el gran ñandú por el camino del arcoíris. Pero, más tarde, cuando cayó la noche, el cielo les dio la razón, porque apareció un grupo de estrellas brillantes, que nadie había visto antes. Dicen las abuelas tehuelches que una de las huellas que el ñandú dejó en su carrera sobre el arcoíris quedó para siempre grabada en el cielo, dibujada con cuatro estrellas. La llamaron Choike, que significa "la huella del ñandú en el cielo". Esta constelación no es otra que la Cruz del Sur, la guía de todos los cazadores, caminantes y marinos que viven en el hemisferio sur. Korkoronke no pudo recuperar sus boleadoras, pero las descubrió en el cielo, convertidas en las dos estrellas del Centauro que aún persiguen al ñandú.

ALGOL,
EL DEMONIO
DEL CIELO

En los primeros planisferios celestes trazados por los árabes en el siglo X, aparece la estrella Ras al Ghul, "la Cabeza del Demonio". Es una estrella tipo binaria, de brillo variable, que se enciende y se apaga en un periodo exacto de 2 días y 20 horas. A los antiguos observadores les pareció que era el ojo parpadeante de la cabeza de la medusa en la constelación Perseo, a otros "el Ojo del Demonio", como se narra en la siguiente leyenda árabe.

l pequeño Mohamed debe recorrer a pie el desierto en Arabia para ir de su casa a la escuela y de la escuela a su casa. En el desierto hace mucho calor, pero a él eso no le importa, pues se divierte coleccionando piedras y correteando a los lagartos; se embelesa con los colores de la arena y se entretiene rodando por las dunas.

Mohamed sabe que es fácil perderse en el desierto, especialmente cuando cae la noche. Un día, cuando regresaba a su casa, se encontró un oasis que nunca había visto, con una fuente de agua, palmeras y un prado verde; como el pequeño estaba tan cansado se quedó dormido.

Cuando despertó, ya era de noche. De modo que contempló las estrellas como su abuelo le había enseñado. Mohamed conoce bien el cielo y sabe el nombre de muchas estrellas. En el desierto se ven muchas estrellas, pero él tiene su favorita, Algol, que parece viva: a veces brilla mucho, a veces brilla poco. Pero siempre está ahí. Y en ese momento estaba brillando mucho.

Mohamed no estaba preocupado, estaba feliz pues se imaginaba que estaba paseando por el cielo, jugando con Algol, "la Estrella del Demonio", como la llama la gente. Así le dicen porque es diferente a las demás, siempre está cambiando. Mohamed y Algol corretean a los astros que parecen caer del cielo, quedaron cautivados con los colores

de las demás estrellas y rodaron por las manchas oscuras del camino celeste.

Entonces Mohamed se dio cuenta de que era tarde y había perdido la senda que lo llevaba a su hogar. Sin embargo, el pequeño no tenía miedo porque su abuelo, que sabe mucho de las cosas del cielo, le había explicado que Algol, el Demonio, es una estrella joven y caprichosa, como Mohamed. Además tiene una clave para orientarse, pues las estrellas vecinas forman una V que apunta al norte. Así, Mohamed se orientó y encontró la senda, se despidió de Algol y volvió a su casa. Deseaba estar de nuevo con su familia.

Su madre, que estaba preocupada, lo regañó y besó al mismo tiempo. Luego le dio de comer y de beber. Su abuelo lo abrazó con una sonrisa y le dijo:

—¡Ay, mi pequeño Mohamed, mi pequeño demonio!

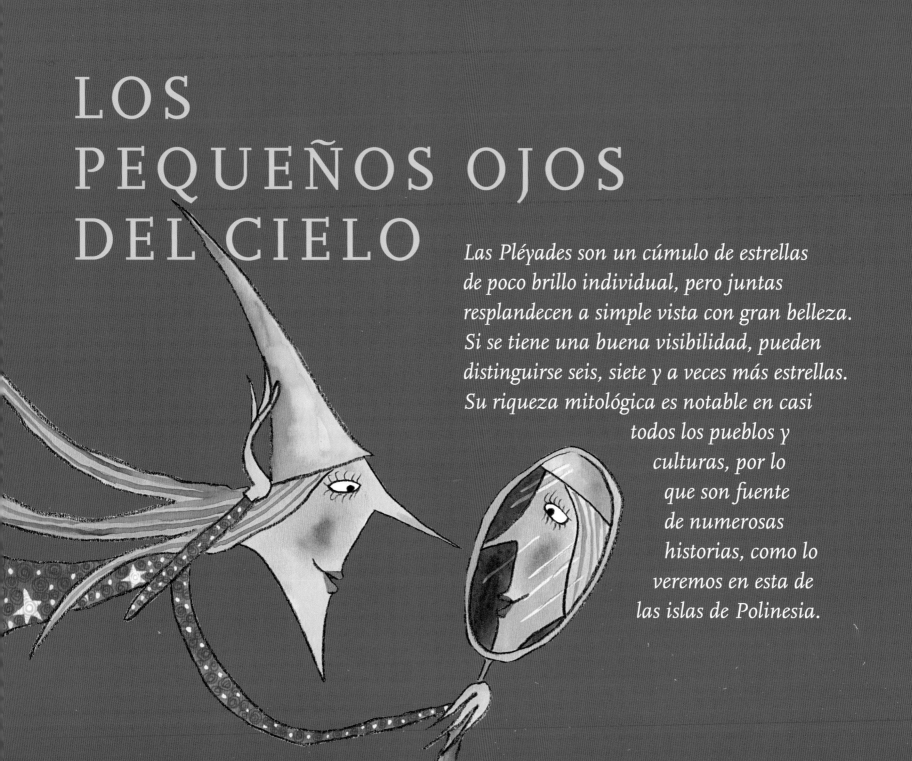

LOS PEQUEÑOS OJOS DEL CIELO

Las Pléyades son un cúmulo de estrellas
de poco brillo individual, pero juntas
resplandecen a simple vista con gran belleza.
Si se tiene una buena visibilidad, pueden
distinguirse seis, siete y a veces más estrellas.
Su riqueza mitológica es notable en casi
todos los pueblos y
culturas, por lo
que son fuente
de numerosas
historias, como lo
veremos en esta de
las islas de Polinesia.

ace mucho tiempo, mucho antes de que los hombres vivieran en la Tierra, Matarikí era la estrella más brillante en el cielo y era muy, muy hermosa. Matarikí era tan brillante que rivalizaba con la luz de la Luna. Cuando la estrella aparecía en el cielo nocturno, su reflejo iluminaba las aguas del océano y todo el mundo era blanco de su resplandor.

Por desgracia, Matarikí, tan hermosa como era, también era muy vanidosa y presumía de su esplendor ante las otras estrellas diciendo:

—En los cielos enjoyados, yo soy más bella que cualquiera de ustedes, incluso soy más hermosa que los dioses.

Tanta vanidad enojó mucho al dios Tane, el guardián de los cuatro pilares del cielo. Tane decidió que había que castigar a Matarikí y les pidió a las estrellas Sirio y Aldebarán que le ayudaran con sus planes. Sirio era la segunda estrella en resplandor en el cielo y no le tenía simpatía a una rival más

brillante que ella. Mientras que Aldebarán estaba tan cerca de Matarikí, que rara vez se daban cuenta de que existía. Ambas estrellas deseaban que Matarikí fuera expulsada del cielo, por lo que estaban dispuestas a ayudar al dios.

Una noche oscura, los tres aliados, Tane, Sirio y Aldebarán, se arrastraron sigilosamente detrás de su presa para asaltarla. Matarikí los vio y se asustó tanto que empezó a correr. Finalmente, logró refugiarse en un río, la Vía Láctea. Al principio se sintió a salvo, pero luego Sirio se subió a la fuente de la Vía Láctea y desvió su curso. Cuando la corriente se secó del todo, Matarikí tuvo que salir corriendo de nuevo.

Esta vez Matarikí corrió bajo los arcos del cielo y más allá de los palacios de plata de los dioses. La estrella era tan rápida que muy pronto se alejó de sus perseguidores. Parecía que Matarikí escaparía, pero Tane era un dios y estaba muy enojado; de modo que tomó a Aldebarán y lo lanzó contra Matarikí. Aldebarán golpeó a la estrella con tanta fuerza que la rompió en siete pedazos pequeños.

Sirio estaba feliz, pues ahora sería la estrella más brillante del cielo. Aldebarán también estaba feliz, ahora que no tenía ninguna estrella cercana que eclipsara su brillo. Sin embargo, los siete trozos de estrella, que antes había sido la más brillante, regresaron lentamente a su lugar en el cielo y se juntaron para seguir brillando, no como una sola estrella sino como "los Pequeños Ojos del Cielo", ese era el nuevo nombre de Matarikí.

Los Pequeños Ojos saben que ya no pueden jactarse de su belleza, pero, a veces, le susurran con orgullo a las otras estrellas que son los más preciosos.

Cuando las noches son muy oscuras, todas las estrellas del cielo ven en el océano el reflejo de Matarikí, "los Pequeños Ojos del Cielo", y se dan cuenta de que nada en el firmamento es más hermoso que esos siete trozos de estrella.

81

KAJUYALÍ,
EL PESCADOR

La región de la bóveda celeste que contiene
a Orión, Tauro, las Pléyades, el Can
Mayor y la estrella Sirio es muy
rica en historias y mitos, tal vez
porque en ella hay estrellas muy
brillantes y famosas figuras
de las constelaciones. Entre
los pueblos indígenas de la
Amazonia y en los Llanos
Orientales de Colombia
existen varias historias
sobre el joven Kajuyalí,
la gran constelación
de Orión.

Esta es la historia de Kajuyalí, un joven indígena guahíbo, hijo de Kamunitzali, dios del valor, y de Yalibia, una poderosa hechicera. Kajuyalí fue bautizado por su maestro, el grillo Siwakalai, con los nombres de la comunidad del valle del oriente (Kaju) y del occidente (Yalí) del río Orinoco.

Siendo muy joven, Kajuyalí recibió de su padre la misión de velar por la prosperidad de su pueblo. Él fue quien en una canoa navegó por cada pozo de agua sembrando pescaditos que, al crecer, se convirtieron en el valentón, el pez aguja, la cachama, el yaque y la payara que poblaron los grandes ríos de la selva.

Kajuyalí se enamoró de la joven Tzamani, la hermosa hija de una vieja llamada Bihi, la Suegra, que no quería al joven como marido para su hija. Por la noche, Bihi robaba los peces de la cesta al joven pescador, el cual se mantenía pobre por esta razón. Esa situación era aprovechada por el Tapir que también quería a Tzamani. Para eliminar a Kajuyalí, el Tapir se alió con un hermano de Tzamani y, en una emboscada, le cortaron una pierna. Los guahíbos cuentan que la pierna cercenada fue arrojada a un río, donde se convirtió en el pez bagre rayado.

Para proteger a Kajuyalí de la Suegra, sus padres, Kamunitzali y Yalibia, lo llevaron al cielo y lo convirtieron en la constelación de Orión, "el Pescador con una sola pierna", armado con arco y flechas. Tzamani subió junto a su amado y se convirtió en las Pléyades. El envidioso hermano es la estrella Aldebarán, aliado con el Tapir, que es las Hyades en la constelación Tauro. Y la brillante estrella Sirio es el vigilante "Ojo de la Suegra", que a todos los persigue.

Al final de cada año, cuando Kajuyalí se deja ver en el cielo, los ríos de la Amazonia se llenan de peces para la prosperidad del pueblo guahíbo.

BIBLIOGRAFÍA

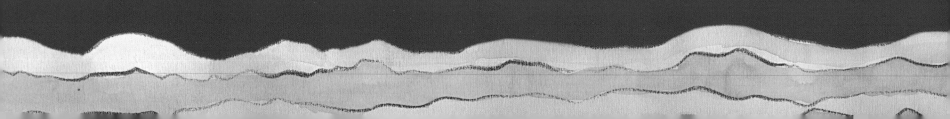

KRICKEBERG, WALTER *Mitos y leyendas de los aztecas, incas, mayas y muiscas,* Fondo de Cultura Económica, México, 1995.

BELTING, NATALIA; RINEHART, HOLT *The Earth is on a Fish's Back,* Winston, New York, 1965.

MACKENZIE, DONALD A. *Myths of China and Japan,* Random House VPI, USA, 1994.

ARIAS DE GREIFF y **REICHEL, E.** *Etnoastronomías americanas,* Ediciones de la Universidad Nacional de Colombia, Bogotá, 1987.

LEEMING, DAVID. A. *Creation myths of the world,* Greenwood Publishing Group, USA, 2010.

INTERNATIONAL PLANETARIUM SOCIETY, IPS *Stories in the Stars,* Edited by April Whitt, Fembank Science Center, 2000.

NTULI, BHEKI; NTULI, DANISILE; SNYMAN, MARITHA *Stories of the Southern Sky,* Southern Science, SAASTA, 2012.

VARIOS AUTORES *Cuentos de Estrellas,* CSIC-UNAWE, España, 2008.